푸른사상 시선 165

무릉별유천지 사람들

푸른사상 시선 165

무릉별유천지 사람들

인쇄 · 2022년 11월 5일 | 발행 · 2022년 11월 11일

지은이 · 이애리
펴낸이 · 한봉숙
펴낸곳 · 푸른사상사

주간 · 맹문재 | 편집 · 지순이, 김수란, 노현정 | 마케팅 · 한정규
등록 · 1999년 7월 8일 제2-2876호
주소 · 경기도 파주시 회동길 337-16(서패동 470-6) 푸른사상사
대표전화 · 031) 955-9111(2) | 팩시밀리 · 031) 955-9114
이메일 · prun21c@hanmail.net
홈페이지 · http://www.prun21c.com

ⓒ 이애리, 2022

ISBN 979-11-308-1968-6   03810
값 10,000원

이 시집은 강원도, 강원문화재단의 2022년도 전문예술지원 공모에 선정
되어 출간되었습니다.

푸른사상
시선

165

무릉별유천지 사람들

이애리 시집

푸른사상
PRUNSASANG

코로나19로 재택근무하는 시간이 길었다. 어머니가 지병으로 하늘 소풍 떠나고, 편찮은 아버지만 홀로 남게 되어 고향으로 돌아와 주말에는 텃밭과 꽃을 가꾸며 지낸다.

동해 무릉의 석회석 폐광지였던 산자락이 무릉별유천지로 새롭게 태어난 것은 매우 기쁜 일이다. 이 시집의 주춧돌과 서까래를 올려준, 삼화 파수안(무릉별유천지) 고향 사람들 덕분에 시집을 묶게 되었다.

삼화 쌍용양회 입구, 버드나무 연못가에서 청춘을 함께한 당신께 시집을 바친다. 인생 여정 자갈밭 길 길쭘하게 돌아와 보니 마침내 고향이 무릉별유천지다.

사람이 희망이다!

2022년 11월 1일
동해 파수안에서
이애리

| 차례 |

■ 시인의 말

제1부 **복사꽃**

쪽동백	13
잎새바람길	14
왕피천골	15
선탈	16
은밀한 거처	17
꽃당신	18
추추(秋秋)파크	19
풀밭 문장	20
천만다행	21
불청객	22
봉숭아 피고 꽁꽁 싸매준 그 말	23
헬리크리섬	24
복사꽃	25
이소(離巢)	26
곶감 와인	27

제2부　무릉별유천지 사람들

안택 고사 　　　　　　　　　　　31

무릉별 열차 　　　　　　　　　　32

두미르 전망대 　　　　　　　　　33

쇄석장 　　　　　　　　　　　　34

청옥호 금곡호 　　　　　　　　　35

삼화시장 　　　　　　　　　　　36

연호당 떡방앗간 　　　　　　　　38

파수안 　　　　　　　　　　　　40

안전모 　　　　　　　　　　　　42

오늘도 무사히 　　　　　　　　　44

무릉별유천지 사람들 1 　　　　　46

무릉별유천지 사람들 2 　　　　　47

무릉별유천지 사람들 3 　　　　　50

무릉계 오우야 　　　　　　　　　51

굴뚝촌 대통밥 　　　　　　　　　54

제3부　고양이와 함께

삽괭이 57

구름이네 농장 58

기차 아저씨와 집사 시인 60

비천 가래터 61

불멍 62

생열귀나무 63

고드름 64

무지개 65

고양이와 함께 66

맨드라미 68

소비천 조카 70

달밤 달방 72

월평경로당 73

탱자나무 74

환삼덩굴 75

제4부 백복령 아리랑

도둑놈의갈고리꽃   79

여량   80

기러기재휴게소   81

감꽃 자리   82

임계 구미정   83

버들강아지 생일날   84

묵호와 황지   85

백복령 아리랑   86

시인에 대해   88

위하여   90

원방재   91

봉화대   92

미디어 펑크   93

하염없던   94

어느 문학의 밤   95

■ 작품 해설 별천지의 시, 별천지의 노래 ─ 김현정   97

제1부

복사꽃

쪽동백

때죽나무와 형님 동생 하며 지내는
무릉계 입구 동백 보러 간다
사람들이 붉은 동백을 상상하겠지만
하얀 미사포(布)를 쓴 쪽동백 꽃들이 걸어와
이녁의 이마에 성호를 긋는다
물박달, 산아주까리, 정나무
돌래돌래 욧을 깎는다 해서 욧나무라 부른다
넓찍한 잎사귀에 산딸기를 담으면
직박구리가 뒤따라와 쪼아 먹기도 한다
삼화사 대웅전 철조노사나불좌상은 잘 있는지
뭉게구름을 한 자락 펼쳐놓은 무릉반석에 앉아
고누놀이를 하던 고향 언니 오빠들
안부가 더욱 궁금해지는 쪽동백이 필 무렵

잎새바람길

이름만 얼레리한 청옥산 얼레지꽃과
박달계곡 천둥을 동반한 번개바위와
막 등목하고 온 용추폭포 쌍폭포랑
이기령 더바지길 잎새바람에 간다

새들이 산들바람을 흘려놓기도 하고
고라니 가족이 온기를 부려놓기도 하는
두타산 하늘문에서 공손해야만 갈 수 있는
속절없이, 눈물 없이 발등을 내리찍으며
인적 드문 길을 걷는다

이번 생은 글렀다
속죄하는 맘으로 다음 생은, 잎새바람길
칡넝쿨에 내리는 맑은 이슬로 태어나
산짐승들이 목이라도 축이다 가면 좋겠다

왕피천골
― 문우 경에게

평생 같이 갈 사람에게 등을 돌리지 마
소국을 꽂으며 왕피천골 왕피리에서
단풍 커피를 주전자에 끓여주었다

삶이 고단하고 바윗돌같이 무겁다고 해도
시냇가에 구르는 조약돌을 떠올리면서
다시는 울지 않겠다고 약속하자

김밥으로 끼니를 때우며 시간에 쫓기던 우리
시간강사의 설움을 덜컹 풀어놓기도 하고
광덕식당에서 소머리국밥을 뜨겁게 마셨다

불영사 노랑어리연이 자꾸 눈에 밟히고
왕피리 단풍 든 계절이 그리워지는 것은
같은 길 걸어가는 친구가 거기 있어서다

선탈

몇 년 동안 듣지 못한 매미 울음을
학교 마리아관 소나무 숲에서 조우한다
어릴 적 빼고는 한 번도 본 적 없는 매미 선탈(蟬脫)
고향집 마당 맨드라미 꽃밭에서 만난다

풀매미, 호조매미, 고려풀매미
쓰름매미, 꽃매미, 참매미
어이쿠, 욕으로 들리고 마는 씹조지매미
애간장 다 녹이며 우는 애(哀)매미

무수한 밤을 지새우며
땅속에서 수십 년을 수행하다가
드디어 해탈했구나

은밀한 거처

앞 뒤 성세가 되지 않는 말의 일기예보
변덕을 숨기고 그럭저럭 맑음을 반복한다
나는 지금 힘들다는 말의 긴 다리를 자른다
맑음과 바람기 없는 날씨를 대동한 날
그립다는 말의 긴 팔*도 아주 자른다

묵호 등대 마을의 6월 해무는
흐리고 바람기 많은 날에 더 심하다
코로나 블루가 크게 똬리를 틀었던 두 해
마음에 온전한 수족이 없으니 몸도 꼼짝 못 한다
살아오며 아팠던 말의 어깨, 손목을 모으고
먹다 남은 진통제로 급한 불을 끈다

한때 나를 위한다는 말에 현혹되어
덜컹, 발목을 잡힌 적도 있었다
내 마음의 거처는 흐리고 저려오는
시 주변에서 빙빙 맴돌고 있다

* 문인수 시인의 시 「그립다는 말의 긴 팔」.

꽃당신

표현이 서툰 그가
벚꽃 보러 오란다
밑반찬을 계단처럼 쌓고
감자도 한 박스 차에 싣는다
객지 생활 두 해를 사는 동안
주섬주섬 저녁 밥상을 차려 오는 이 사람
살아오면서
미운 구석이 보일 때는
뒤통수를 한 대 후려치고 싶다가도
오늘 밤은 열 일 제쳐두고
그의 머리를 한없이 쓰다듬어주고 싶다
강릉과 창원을 오가며
주말부부로 지내던 생활을 청산하고
서로에게 환해지는 법을 배워가는 중이다

추추(秋秋)파크

단풍이 든 줄도 모르고 지내다가
고양이가 물어다 놓은 도토리 속에 가을이 숨어 있다
들녘의, 벼 이삭이 고개를 낮추어 익어간다

통리재 붉나무에도 단풍이 들었을까
도계 스위치백 구간은 세월 속으로 사라지고
솔안터널이 구렁이처럼 새로 건설되었다

심포리 나한정역 하이원 추추파크*에
토끼봉 돌단풍이 한창 내려오는 중이니
한 번 다녀가라는 문자를 받고 얼마 뒤
몹쓸 역병이 심하던 그해 가을
그녀의 남편이 소천했다는 부고가 날아왔다

* 국내 최초 철도형 기차 테마파크.

풀밭 문장

인생이라는 길을 가다가
가끔은 지칠 때가 있잖아
그럴 때는 당신이라는
문장을 꺼내보는 거야
그 문장 속에는
위로가 되는 풀꽃이 있지
당신이라는 풀밭 문장 속에는

천만다행

고속도로 휴게소 화장실에 들렀다가
실수로 자동차 열쇠를 변기통에 떨어뜨렸다
수압이 약해 다행히 열쇠는 내 손을 잡았다

고양이들 다급한 소리가 나서 뛰쳐나가니
솔개가 고양이를 채 가려다가 도망친다
세 마리는 무사하고 막내가 꼬리를 좀 다쳤다

의사는 당장 수술해야 한다고 겁을 줬지만
한쪽 눈으로라도 여기까지 왔으니
참 다행이다

학창 시절에 만나 삼십 년을 지지고 볶고
이 사람과 너무 오래 살았나 싶다가도
당신 덕분에 여태 시를 쓴다

불청객

월평로 논둑으로 저녁 산책을 나선다
개구리는 일제히 합창을 하고
따라나선 달도 쟁반같다
눈에 알짱거리는 날벌레를 손사래 쳐도
하필이면 귓속을 방문하고 말았다

택시라도 불러 응급실로 갈까
잔머리 굴리며 고민하는 사이
귓속에 들어간 날벌레에게 빨리 나오라며
껑충껑충 뛰는 소년을 보았다

귓속을 들여다보는 게 얼마 만인가
귀지를 꺼내준다며 별빛 산책을 빙자한
잿밥에 관심이 더 갔던 달빛 산책은
날벌레 때문에 파투(破鬪) 나고 말았다

봉숭아 피고 꽁꽁 싸매준 그 말

서로 통하자고 말한 적 없으나

열 손가락 소복이 봉숭아 꽃물 얹고

신줏단지 모시듯 꽁꽁 싸매며 하는 말

첫눈 올 때까지 손톱달이 지지 않을 거야

올해는 첫눈이 빨리 오면 좋겠다

길고양이 구름이가 임신을 했다

봉숭아 꽃밭에 종일 미소가 핀다

싱글벙글하며 고양이 밥을 챙기는 오후

산바라지를 위해 마당에 금줄부터 쳐야겠다

헬리크리섬

뜨거운 태양을 가리는 밀짚모자꽃
만지작만지작 종이 같아서 페이퍼플라워
땡볕 더위에 헬리크리섬꽃이 피었다

온 마당이 꽃섬이다

고양이들과 꽃구경을 다 하자면
반나절 가지고는 어림도 없겠다

얼마간이라도 이 섬에 머물면서
둥둥 꽃만 보고 싶다

복사꽃

푸른 대문을 열고
사랑방으로 걸어오는 당신 때문에
복사꽃 두 뺨이 환해져요

꽃 핀 이부자리에 낮달이 잠들고요
스리 살짝 복숭아가 열리기 시작했어요
복사꽃 두 뺨에 은근 살짝 봄이 오듯이

와야 할 사람은 바로 당신이니까요*

* 허림 시인의 시 「별은 다르지 않다」.

이소(離巢)*
― 딸과 아들

세상 속으로 날아가는 법 익히느라
겁 많은 새들이 두려움 감수하며
힘껏 날아오르는 중이다

앞으로 너희들이 맞이하는 세상은
좀 더 벅찬 세상이면 좋겠다

어디로 날아가든 몸 성해야 한다
너희들의 세상을 위하여
힘찬 날갯짓 멈추지만 마라

* 어린 제비가 둥지를 떠나 독립하는 일.

곶감 와인

칠봉산 춘설이 강으로 흐르고 버들고개에 부는 바람이 봄을 재촉한다. 달별이 내려와 매화꽃으로 태어나고 소돌항 춘설이 눈사람을 마중한다.

버들강아지 움트는 숨결 듣는다. 땅이 녹고 새싹이 고개를 든다. 마스크와 보낸 두 해 동안 못 봤으니, 그동안 안부를 화산처럼 풀어놓는다.

모처럼 고향 사람들 소돌항에 모여 가마솥 소데기*로 날 새는 줄도 모른다. 곶감 와인을 앞에 놓고 모꼬지하는 입춘 지나, 우수 무렵의 소돌항 사람들.

* 누룽지의 강원도 사투리.

제2부

무릉별유천지 사람들

안택 고사

정초, 좋은 날을 받아
안택 고사를 지낸다
조상님께 멧밥 삼실과 문어를 올린다
조왕신께 솥뚜껑 위에 술을 올린다
토지신께 오방신을 의미하는 양푼에
숟가락 다섯 개 꽂고 팥시루떡과 술을 올린다
성주신께 멧밥과 술을 차려놓고
부엌에서 식구 수만큼 소지를 올리는데
살림 밑천인 황소와 토종벌, 바둑이 소지까지도
일일이 올린다
앵두 같은 별이
밤새 지붕에 굴러다니고
갓 태어난 송아지도 탈 없이 잘 자란다

무릉별 열차

파수안 갈 때는 무릉별 열차를 타자
무릉계곡 단풍별 승차권을 소지하자
세상사에 심사가 뒤틀려 있거나
꿍꿍이가 있는 사람은 태우지 않는다
마음이 청옥호 금곡호처럼 맑으면 된다
라벤더 정원의 나비들이 마중 나오고
백두대간 칡넝쿨로 엮은 안전띠를 매자
왼쪽에 청옥호수, 오른쪽에 금곡호수를
보더라도 감탄사를 남발하지 마라
스카이 글라이더를 타고 하늘을 날아보고
패밀리 숲속 알파인 코스터를 타고 난 후
무릉이 한눈에 다 들어오는
두미르 전망대에 올라보고 나서
그때 감탄사를 해도 늦지 않는다

두미르 전망대

아픈 심장을 어루만지며 오른다
호수에 비추는 푸른 햇살도 만난다
깎아내린 산기슭에 돌을 캔 흔적이 흉흉하다
화전민이 살았던 집터에 고욤이 추위에 떤다

높은 곳을 올려다보느라
고개가 아팠던 두미르 전망대
그 시간을 잊으면 안 된다

말문을 닫고 무릉별유천지를 바라본다
거대한 석회석 광산의 과거를 품은
신비한 두 개의 호수가 그야말로 장관이다
아픈 심장을 그대로 밀봉해 내려오는데
라벤더 정원의 꽃향기가 속수무책 따라온다

쇄석장

내가 태어나던 해인 1968년 10월 31일
쌍용양회 동해공장이 준공식을 했다
석회석 원석을 깨는 쇄석장은 쉴 새 없이 돌았고
발파작업으로 화약 냄새와 거친 굉음은
나비잠 자는 아기도 깨우는 일상이 되었다

신비한 자연과 익사이팅이 만나는 곳
동해시 이기로 97 무릉3지구 쇄석장은
지난 40년간 석회석 채광 작업을 마치고
무릉별유천지로 다시 태어났다

아버지가 봉급을 타면 삼화시장 안
남매상회에 데려가 주름 원피스를 사주었다
시멘트 돌가루 종이에 싼 돼지고기를 끊어와
식구들이 화롯가에서 고기를 구워 먹었다

청옥호 금곡호

감동을 모르는 사람과 가지 않겠네
슬픔을 모르는 사람과도 가지 않겠네
남의 일에 눈물 한 바가지 풀썩 쏟을 줄 아는
청옥호 금곡호처럼 속 깊은 사람과 가겠네

아흔을 바라보는 아버지를 홀로 두고
훌쩍 세상 떠난 어머니를 원망하지 않는 사람
물웅덩이가 늪이 되어 발목을 잡아도
어느 누구도 탓하지 않는 사람
호수에 뜬 두 개의 달을 심장에 품으며
너무 맑아서 눈물이 난다고 털어놓는 사람

두타산 무릉계곡 무릉반석 암각화에 새긴
묵객의 풍류시를 조곤조곤 설명해주며
금란정에 올라 퉁소를 불기도 하는데
무릉계곡 용추폭포 물줄기 따라
호수를 닮은 사람들이 옹기종기 모여 사네

삼화시장

꽃분이 외할머니가 캐 온 봄나물들
다북쑥처럼 모여 사람을 기다린다
웃소금 치는 복실이 할머니 손등을 밀며
등 푸른 고등어가 동해바다로 가려고 한다

가판대 위 과일이 햇볕을 받아 살굿빛이다
시장 입구 연호당 떡방앗간 깨 볶는 냄새가
시장 골목을 들었다 놨다 하기도 하고
더덕, 송이, 호두가 임자를 못 만나서
마수걸이를 못 해도, 뽀미반점에 들러
엄마는 한 번씩 자장면을 사주었다

찰옥수수를 내다 팔던 복상골댁도
남편이 쌍용을 퇴직하자 도시로 떠났다
석회석 광산이 하향길로 가면서

북적이던 시장도 절간이 되어가고

시장 입구 대형 마트 불빛만 끔뻑인다

연호당 떡방앗간

설이 다가오면 쌀을 불려 방앗간에 간다
가래떡도 하고, 수수부꾸미 할 가루도 빻고
참기름, 들기름, 피마자기름도 짠다

떡이 만들어지는 동안 동네 아주머니들
동네의 이런저런 이야기를 나누느라
볶던 참깨가 타는 줄도 모른다

절편, 기정떡, 인절미, 무지개떡까지
삼화시장 안 연호당 떡방앗간은 설 대목이다
아버지가 좋아하는 차좁쌀떡을 해서 가면
엄마를 마중 나온 아버지의 자전거보다
바둑이가 겅중겅중 뛰어나왔다

참기름 냄새가 문 앞까지 따라오고

어릴 적 나는 기름 짜는 냄새가 좋아서

방앗간 집 수양딸이 되고 싶다는 생각도 했다

파수안*

세 번 빛난다고 해서 붙여진 이름 삼화라는 동네, 한 번은 1943년 삼화제철, 삼화철산 설립으로 빛났고, 두 번은 1966년 쌍용양회 동해공장 기공과 동해광산 개발로 빛났다. 그리고 사람들이 무병장수하고 정답게 살고 있는 지금이 세 번째 빛나는 삼화 파수안이다.

삼핫골, 삼애골, 사매골이라고 부르는데 백월산 끝자락과 옥녀봉이 마주하는 곳, 신흥천과 삼화천이 합수하여 홍도마을이 파소가 되고, 지형과 산세의 물 흐름을 파수굽이라 부른다. 빛내골 소비천에 들어가면 부처손골이 있고 범바위골, 도깨비골, 차돌배기, 직소, 홈대골 그릇재를 넘으면 지르매장골이다.

피 한 방울 나누지 않아도 할아버지 때부터 가족이 된 이대영 작은아버지, 친정아버지가 돌아가시자 우리 집안의 큰 울타리다. 시어머니 뇌졸중으로 하늘나라 가시고 그 빈자리를 최종국 숙모님이 채워주신다.

시 공부 시작할 때, 용기를 주신 이용규 선생님은 파수
안에서 가장 먼저 등단한 시인이다. 홍도촌 백월당 최준
석 선생님은 좋은 시를 부지런히 쓰라며 각종 자료를 챙
겨주신다.

복사꽃 피고 살기 좋은 동네 파수안 삼화 석회석 폐광
지가 새롭게 단장한 무릉별유천지, 세상사에 지친 사람들
쉬어 가기 좋은 곳이다.

* 지금의 동해시 삼화동, 옛 이로리, 비천, 달방, 신흥, 삼화, 이기리,
  무릉계를 통칭하며, 삼한시대부터 시대적 혈흔인 피소, 파소, 파수,
  혈담, 두연 등으로 일컫는 삼화천과 신흥천 유역의 인문적, 지리적
  영역을 말한다.(삼화동 파수회 엮음, 『파수안 향토지』, 동남인쇄사,
  2015, 421쪽)

안전모

지하 막장 캄캄한 어둠을 머리에 이고 지상의 햇살 그리워하는 시간이 많았다. 뿌연 돌가루 날리는 발파 작업 현장은 폐 속보다 더 새까만 안전모가 전부였다.

석회석 광산에서 돌 깨부수는 소리가 길수록 처자식의 뜨거운 밥은 고봉이 되었다. 북평농협 마크가 그려진 달력 속에 한 공수 두 공수 작업일지를 대신하여 빨간 색연필 동그라미가 그려졌다.

돌석산 착암기를 너무 오래도록 껴안아 아버지는 일찌감치 귀를 먹었다. 퇴근길에 허연 깍두기를 안주 삼아 대폿집에서 주전자 막걸리를 마셨다.

군데군데 흰 파뿌리를 심은 중년이 되는 동안 나는, 가끔은 주저앉고 싶었을 때, 다락방 안전모에 막걸리를 들이켜며, 폐광지 갱도처럼 추적추적 젖기도 했다. 그때

아버지의 눈물이 내게 안전모였다는 것을 미처 알지 못
했다.

오늘도 무사히

자전거를 타고 쌍용양회 하청에 다닌 아버지는
돌을 깨는 착암공이었다

어머니가 싸준 찬합 도시락 속에는
오뎅볶음과 단무지가 전부지만
종일 지탱하는 힘은 도시락이 아닌
탈 없이 잘 자라준 아이들 삼 남매였다

가난을 자식에게 물려주고 싶지 않아서
자식농사를 적게 짓겠노라 말한 탓일까
배 속의 넷째 아기가 유산되고 말았다
그 일로 부모님은 오래도록 아파했다

석산 채석장에서 목숨을 담보하며
석회석을 깰 때 심장이 터지는 줄도 몰랐다
아버지 심장에는 돌가루가 화석처럼 박혀 있다

오늘도 무사히, 라고 적힌 낡은 액자 속에

무사고를 바라던 어머니가 계신다

무릉별유천지 사람들 1

눈대중으로 골라도 꼭 맞는 신발처럼
서재에 꽂으면 잘 어울릴 것 같다며
자줏빛 감자꽃을 따다 주는 사람

비밀 편지 한 장 숨겨둘 서랍처럼
틈이 좀 보여서 괜히 마음이 끌리는
둥그런 눈매가 선하고 따스한 사람
두타산 참꽃이 필 때라고 귀띔하는
어둑어둑한 퇴근길
붕어 몇 마리 든 빵 봉지를 건네는 사람

사랑의 기쁨과 슬픔에 대해서 함구하고
남의 잘못에 함부로 돌을 던지지 않는
무릉별유천지에 사는 그 사람에게
은근살짝 무릉반석을 내어주리라

무릉별유천지 사람들 2

두미르 팻말을 두루미로 잘못 읽었다는 걸 안내도를 보고 나서 무릉별유천지인 줄 안다. 무릉별 열차가 청옥호수 근처를 지날 때 아버지 안전모의 뿌연 시멘트 가루가 떠올랐다.

장독대 항아리를 수시로 닦던 어머니 손길에 켜켜이 쌓인 먹구름 가루의 정체를 지금껏 몰랐다. 무릉별유천지루지 정류장이 설치된 산기슭, 석회석을 캤던 자리는 흡사 심장 수술로 파헤쳐진 아버지 가슴을 닮았다.

행여나 무릉별유천지의 과거를 묻지 마라. 누구든 그러그러한 과거 하나 없겠는가. 쌍용양회 동해공장 무릉3지구, 무릉별유천지는 석회석 폐광지였다.

승객을 나르던 객차는 세월 속에 사라졌고 삼화역에서 석회석 돌가루를 가득 싣고 동해항으로 운반하던 화물열차만 드문드문 북평선 철길 위로 다닌다.

새벽마다 가래 끓는 아버지의 기침 소리는 날이 갈수록 심해졌다. 쌍용에서 밀가루 한 포씩 나눠주면 아껴두었다가 명절에 꿩만두를 빚었다.

고단했던 퇴근길은 술 냄새로 저물었다. 석회석 광산에서 돌을 캐다가 석산이 무너져 동료는 그 자리에서 유명을 달리하고 말았다. 구사일생으로 아버지는 목숨을 건졌지만 허리와 팔이 부러져 척추 보조기에 몸을 지탱해 평생을 불편한 몸을 짊어지고 살았다.

무릉별유천지를 섣불리 상상하지도 마라. 축구장 백오십 배 면적의 석회석 광산지다. 아버지도 숙부도 외삼촌도 광부였다. 오십여 년 동안 석회석을 캐낸 산자락에 청옥호, 금곡호라는 두 개의 호수가 생겨나고 다시 삼화 사람들 곁으로 돌아온 무릉별유천지.

석회석 원석을 부수던 쇄석장은 광부들의 고된 노동과

피땀을 말해주는 곳. 청옥호수 곁 거인의 휴식 조각상만
모든 걸 아는 듯 나를 물끄러미 바라보고 있다.

무릉별유천지 사람들 3

석회석 광산에서 바윗돌이 무너져 장 씨는 돌무덤을 안고 저세상 별이 되었다. 그 자리에서 함께 일했던 두 사람은 살아 돌아온 것이 죄책감으로 남아, 어두운 동굴에 갇혀 곰팡이처럼 축축 젖으며 베개를 적셨다.

석산 갱도에서 인사사고가 크게 난 후 소독 냄새가 진동하는 산재병원에서 십 년 넘게 섬처럼 떠돌이 생활을 했다. 밤마다 악몽에 시달렸고, 벼락같은 고함을 쳤다. 쇠핀을 몸 곳곳에 박는 대수술로 죽을 고비를 여러 번 넘기도 했다.

살려달라는 동료의 마지막 외침을 어쩔 수 없이 뿌리친 죄책감에 박쥐처럼 동굴 속에서 산송장처럼 지내며 뒷병 소주를 마셨다.

무릉계 오우야

세상천지 만물 중에 사람밖에 또 있는가
여보시오 사람들아 이내 말씀 들으시오
이 세상에 나온 사람 뉘 덕으로 생겼는가
하느님의 천지창조 부처님의 중생 사랑
부모님의 은덕으로 아버님 전 뼈를 빌고
어머님 전 살을 빌고 칠성님 전 명을 타고
제석님 전 복을 타고 석가여래 제도하여
인생 일신 탄생하니 한두 살에 철을 몰라
부모 은공 모르다가 이립이 되어서는
애혹한 공부살이 부모 은공 갚을쏘냐
절통하고 원통할손 부모 은공 못 갚는다

무정 세월 여류하여 원수 백발 달려드니
인생 팔십 고생이라 없던 망령 절로 난다
노망 들어 변할쏘냐 이팔청춘 소년들아
노인 망령 웃지 마라 눈 어둡고 귀먹으니
노망이라 흉을 보며 구석구석 웃는 모양

절통하고 애통할손 할 일 없고 할 일 없다
홍안 백발 되었으니 다시 젊지 못하리라
인간 백 살 살지라도 병든 날과 잠든 날
근심 걱정 다 제하면 오십 년을 못 사느니
어제 오늘 성한 몸이 하루 사이 병들어서
섬섬하고 약한 몸이 태산같이 무거웁다
세세손손 건강하게 행복하게 살아보세

인간 세상 나아가서 무슨 일을 하였느냐
나라에 충성하고 부모님께 효도하고
노인을 공경하며 부부지간 사랑하라
붕우유신 하였느냐 굶주린 자 밥을 주어
기식공덕 하였느냐 헐벗은 이 옷을 주어
구난공덕 하였으며 깊은 물에 다리 놓아
월천공덕 하였느냐 목마른 이 물을 주어
급수공덕 하였으며 병든 사람 약을 주어
활인공덕 하였느냐 마음 닦아 선심하세

만겁인들 벗어나라 착한 사람 불러들여

공경하고 대접하여 우리 모두 어화둥둥

바라오니 사람들아 선심 쓰고 마음 닦아

불의행사 하지 말고 조심하고 선심하세

세상 사람들아 코로나19도 끝났으니

동해 무릉계에 놀러 한번 오우야

굴뚝촌 대통밥

베틀바위 산성길 노을이 내리면
굴참나무 같은 오빠, 밥 한번 먹자
허리춤에는 청옥산, 두타산 중에
어느 산으로 갈지, 미리 마음 정해두고
이마의 땀은 용추폭포 바람으로 닦자
동해 소금길 걷는데 길을 잘못 들어
순비령 능선에서 헤매다가 밤을 지새우면 어때
상월산 상현달이 얼굴에 젖어드는 밤
산짐승의 똥을 모아 온기를 만들고
찔레순 꺾어 먹으며 허기를 채워도 좋다
임계 골지리 이녘은 잘 있는지
몇 해 만에 마스크를 벗는 기념으로
고향집 앵두꽃 마당이 있는 굴뚝촌에서
이지 가지 산나물에 대통밥 먹자

제3부

고양이와 함께

삽괭이

흙을 퍼 담는 삽도 아니고
구덩이를 깊이 파는 괭이도 아니다
남편 속 아내 속을 뒤집어놓고도 모자라
부부싸움 격하게 붙인 일등공신 쟁기다

삽과 괭이를 합쳐놓은 어중간한 모양새
삽괭이를 나이 오십이 넘어 처음 알았다
내 속을 뒤엎는 불면의 밤도 있었다
죽고 못 살 것처럼 설레던 마음은
백복령 칡넝쿨에 숨었을까
숯가마골 용루폭포에 숨었을까

헤어질 것도 아닌데 이혼을 들먹거린
지난봄, 미안하다는 말을 못 해서
쟁기 탓만 하다가 꽃 피는 봄날 다 갔다

구름이네 농장

수미 한 박스 심으면 예닐곱 박스 수확
감자 캐서 시누이와 친척들에게 부친다
오이 세 포기 심으면 여름내 오이냉국 먹는다
가지는 속수무책, 백로까지 잘 열린다

땅콩밭의 잡초가 주인 행세를 하고
맨드라미는 붉은 꽃벼슬을 달았다
울타리 해바라기꽃은 달덩이처럼 환하다

뽑고 돌아서면 웃자라는 잡초들과 씨름하다가
결국에는 함께 잘 지내보자고 화동하던 날
구름이네 농장에 색동 무지개가 떴다

꽃밭에 물을 주다 말고 정중정중 신난다
주중에는 학생들과
주말에는 고양이들과 노느라 코가 샛노랗다

고양이들이 화장실 모래에서 감자를 심으면

나는 그 감자를 캐느라 바쁘기도 하다
구름이, 랑이, 무지개, 별이*가 꾹꾹이를 한다
오가는 길고양이가 가끔 밥을 먹으러 오고
빛내골 반달도 놀러 오는 구름이네 농장

* 길고양이 사 남매 이름.

기차 아저씨와 집사 시인

고양이를 찾습니다
눈은 장독대 곁 맨드라미처럼 선해요
코는 눈처럼 하얗고 턱시도를 입었어요
날카로운 발톱은 드러내지 않아요
앙다문 입술은 접시꽃 봉오리처럼 참해요

퇴근길에 가장 먼저 반기는 식구예요
어린 새끼들 두고 어디로 갔을까요
혹여라도 무지개다리를 건너갔다느니
고양이별에 갔을 거라고 짐작하지 말아요

별도의 사례금 대신 동그스름하게 생긴
햇감자 한 소쿠리 드릴게요
마당에 파라솔이 있고 고양이가 많은 집
기차 아저씨와 집사 시인에게 연락해주세요

비천 가래터

하루에 버스가 세 번 다니는 동네

거상마을 지나 비천으로 산책 나선다

들꽃이 고만고만 피어 있는 오붓한 시골

무논의 개구리들 합창대회가 한창이다

거상 마을 빛내길 뭇별이 쏟아지고

비천분교를 지나 가래터까지 얼마나 될까

비천에서도 가장 외진 곳

둥글넓적한 농기구 가래와 흡사한 이곳에

머위 뜯어 가라, 고사리 꺾어 가라

추어탕 먹으러 오라고 전화해서는

농주(農酒)처럼 구수한 입담 한 사발을 풀어놓는

초등학교 친구 희래가 산다

불멍

코로나19로 면회조차 여의치 않던 때
요양원에서 한없이 기다렸을 어머니를
휠체어에 태우고 단풍숲을 걷고 싶었다

곧 환갑을 앞둔 그가
담배를 물고 먼산 보는 일이 잦다
아궁이에 장작을 채우고 불을 지피며
오래도록 불멍하는 시간이 늘어만 간다
모닥불을 피워놓고 멍하니 바라보는 일
불멍한다는 신조어가 태어났다

코로나19가 끝날 조짐이 안 보여도
병환 중의 아버님은 차도가 빨랐다
어머니가 하늘정원으로 가시던 날
콩밭에 핀 까마중이 흰 꽃상여를 맸다

생열귀나무

개구리알에서 방금 깨난 올챙이들이

논 봇도랑을 타며 노는 걸 보면 봄이다

언 땅을 치켜세운 생열귀에 싹이 돋고

어느새 딱따구리와 도마뱀도 깨어난다

푸르던 나의 봄은 어디 가고

그토록 기다리던 늦둥이는 무산되고

하혈한 나무는 몸 추스를 사이도 없이

월경은 매달 반갑지 않은 빚쟁이처럼 찾아와 진을 쳤고

뱀의 찔레꽃 숲에서 하얀 가시를 자처했다

생열귀나무도 어느덧 중년에 들어서서일까

부엉이 눈동자 같은 몇 개의 목류를 몸에 지녔다

쟁반 같은 보름달이 떠도 소용없는 일

온몸으로 꽃 지는 일을 받아들이며

그래도 꽃그늘 아래를 서성이고 있다

고드름

얼마나 애가 마르면 거꾸로 매달려 떨어지는 눈물 붙들고 읍소하는가.

처마 밑 고드름의 허리를 꺾으려 들면, 씨오쟁이는 있으나 마나, 이듬해 농사가 안 된다며, 엄마는 부지깽이를 들었다.

양철지붕에 움푹움푹 함박눈이 쌓이고 긴 겨울은 막막함이 뭉쳐져 봄이 되었다. 곰솔 위 눈덩이가 벼락을 치며 떨어질 때, 거침없이 한꺼번에 무릎 꿇고 말았다. 그것은 흩어진 빙주(氷柱)의 눈물이었다.

얼마나 속이 타면 거꾸로 매달려, 겨우내 빙벽 시위를 하겠는가. 너무 잘 견디려고 애쓰지 마라. 내 마음이 요즘 한밤중이다.

무지개

출근하는 새벽 동해고속도로
강릉 2터널을 빠져나오자마자
화비령 자락에 무지개가 떴다

뭔가 좋은 일이 생길 것만 같다
아들이 자격증 시험에 합격하고
딸아이가 대학원에 합격했다
모처럼 무지개가 뜬 날, 환한 소식이다

몇 해 전, 창원 안민고개에서
무지개가 뜬 기차 사진을 보내온 당신
몇 번이나 함께 무지개를 볼 수 있을까
감동의 순간, 무지개를 선물한 당신께
고맙다는 말을 꼭 하고 싶다

고양이와 함께

고양이별에 간 어미를 찾으며 몇 날 며칠 우는 어린 고양이 새끼들도, 하늘나라에 간 어머니를 그리워하며 마늘밭에 엎드려 울음 삼키는 당신도 슬펐다

마늘밭 잡초는 뽑지 않고 고양이랑 숨바꼭질하다가 어머니가 차려준 밥을 먹던 그 시절이 그립다

길고양이가 새끼 네 마리를 낳았다. 제비가 베란다에 둥지를 틀었다.

들깨가 살그랑 살그랑 여무는 날 별이가 신짝 같은 쥐를 물고 왔고 무지개가 새를 장화에 숨겨두었다

구름이와 랑이가 엄마가 되었다

훈이 할머니가 심어놓은 상추밭에 고양이들이 감자 같은 똥을 모래 묻어놓고 시치미를 뗀다. 나도 함구하며 살

구나무만 쳐다보았다.

　식구가 넷 느는 바람에 집사는 바빠져도
　고양이와 함께 지내는 건 즐거운 일
　덕분에 슬픔이 말랑말랑해지고 있다

맨드라미

장독대 먼지를 닦는데
맨드라미가 왈칵 눈물을 쏟네요

항아리에서 달래와 머위장아찌를 꺼내다가
옷깃에 묻은 구수한 된장 냄새가
당신의 따스한 손길이지요

평생 농사를 종교처럼 믿으며
남부럽지 않게 삼 남매를 길렀지요
월평경로당에 가면 당신이 계실까요
살아생전 꽃자두와 만두를 좋아했지요
다시 태어나도 당신의 철부지 며느리는
맨드라미 꽃밭에 시 한 포기 심고 싶어요

얼마 전 어미 길고양이 얼룩이가
어머니를 따라 고양이별에 갔어요
맨드라미 곁 장독대 먼지를 닦다가

나도 그만 왈칵 눈물을 쏟네요

뭐가 급해서 득달같이 하늘나라 가셨나요

소비천 조카

옥수수, 고추, 호박 모종 팔아요
하우스 농사를 크게 짓는 시댁 조카가 살지요
마당에 여러 가지 예쁜 꽃나무도 많고요

초보 농사꾼 흉내만 내는 숙모가
모종을 사러 가면 손사래 치며
모종 값을 받지 않아요
그럴 때는 맥주를 사다 담에 찔러놓고 오지요
젊은이들 대부분 도시로 가는데
고향에서 노모를 모시고 사는
진욱이 조카, 최고의 농업경영자예요

고추 곁순 어떻게 잘라요
호박 순지르기 어떻게 해요
열 번을 물어봐도 친절히 가르쳐줘요
저녁엔 조카를 불러 소주 한 잔 하려고요

술자리가 달빛의 참외처럼 무르익어도

왜 장가 안 가냐고 다그치지는 않기로 해요

달밤 달방

사다리같이 키 큰 원추리가 피고
밤이면 단풍나무에 부엉이가 운다

댐 주변에 핀 달맞이꽃이 노래를 들려주고
찔레순을 꺾어 먹으며 자란 동네
신흥천이 동해바다로 흐르는 전천강의 발원지
백복령 옛길 새 지명인 동해 소금길은
감자를 쪄서 나눠 먹는 일가친척이 산다

달방 용소에서 멱을 감으며 유년을 보낸 곳
사촌지간 월숙이는 물속에서 복숭아를 잘 찾았고
나는 물이 들어갈까 봐 콩잎으로 귀를 막았다

연애 시절, 푸른 자전거를 타고 한없이 달렸다
교정의 장미를 꺾어주며 고백하던 사람과
달방에서 무턱대고 달방살이 했으면 어땠을까

월평경로당

쌍둥이 할머니로 불리는 문복자 여사님은
제가 시집와 가장 의지하는 큰댁 형님이고요
김윤녀 여사님은 월평경로당 어른들 위해
오랫동안 노인회장직을 역임하신 분이에요

상냥한 선영이 할머니 이름은 잘 몰라요
가끔 콩밭에 가면 제게 커피를 건네는데요
어머니의 둘도 없는 친구이자 친척이지요
말(言) 걸음이 얼마나 고운지 몰라요
옥구슬 쟁반에 구르듯 낭랑하고 상냥해서
제가 명랑할머니라고 별명을 붙였어요

다 열거할 수 없지만 정 많은 어르신들
한글을 배워서 일기도 쓰고 시도 읽지요
진혁이 할머니 임종 앞두고, 월평경로당
어르신들이 가장 보고 싶다고 했어요

탱자나무

탱자나무 주변에 그물을 친다
가시들이 안으로 걸어 들어가고
더 이상 빠져나갈 수 없는 절벽이다

사람들이 길고양이를 포획하려고 한다
불온한 사람들의 손길이 닿을수록
고양이 꼬리가 잘리기도 하고
상처 입은 몸을 끌고 돌아와서
탱자나무 울타리에 기대 서럽게 울며
며칠을 아파했다

도둑고양이라고 누명을 씌운
사람들 대신해서 내가 먼저 사과한다
이름 앞에 선 도둑을 타일러 돌려보내고
소비천길을 길고양이에게 선물하고 싶다

환삼덩굴

가까이 다가가 만지려고 한 것은 아니었고
본의 아니게 슬쩍 스쳤을 뿐인데
된통 걸렸다
긁힌 자리에 줄줄이 피멍이 맺혔다
마음에 베인 듯 얼마간 쑥대밭이었다
내 불찰로 많이 아팠겠다
푸른 초원을 상상하며 함부로 가까이한
내가 더 나빴다

제4부

백복령 아리랑

도둑놈의갈고리꽃*

큰도둑놈의갈고리, 개도둑놈의갈고리
애기도둑놈의갈고리, 긴도둑놈의갈고리
누가 이 꽃들의 이름을 붙인 걸까
많은 이름 중에 하필 도둑놈의갈고리꽃인가
찬찬히 살펴보면 아침 해 뜨기 전
호박잎에 구르는 이슬을 닮았다
꽃송이 하나하나가 참하게 생겼다
몰래 도둑이 왔다가 이 꽃을 보게 되면
발길 돌리며 다신 안 그러겠다고 손을 털 것이다
앞집 소민이네 개가 컹컹 짖든 말든
출퇴근하느라 낮에는 집이 비어 있으니
누구든 상추, 오이, 가지를 따 가도 좋다
나는 애기도둑놈의갈고리꽃에 반해
좀 더 순해지고자 한다

* 콩과에 속하는 여러해살이 야생화 이름.

여량

골지천 노을이 애틋함으로 저려오는 계절
별 볼일 없이 살았다고 나를 까내리지도 말고
시계 초침처럼 바쁜 날 뒤로하고 여량 간다
송천과 합수한 아우라지강의 정처 없음이 좋은
영화 〈일 포스티노〉의 우편배달부 마리오처럼
순박한 농사꾼 시인 영래 형이 보내온 사진
오니소갈럼꽃의 꽃말 일편단심이 들어 있어
말문을 닫고 한동안 눈을 뗄 수 없다

기러기재휴게소

동생네도 볼 겸 해남 가는 길
고향이 멀어질수록 몸은 헛헛해지고
늑대나 여우 한 마리 키우지 않는다
우연히 지나는 새들도 쉬어 가는 기러기재휴게소

는개는 서로의 적막한 시간을 깨고
소쩍새 울음을 듣는 지금처럼
여기서 살아도 좋겠다고 생각하는데
연못의 물고기들이 솟아오르며
잠든 수련을 깨운다

득량의 검둥 안개 때문에
꼼짝달싹 못 하고 휴게소에서 지새운 밤
덤덤한 가슴에 여우가 꿈틀거렸는지
나는 모르는 일이다

감꽃 자리

세상에는 많은 자리가 있다
물고기자리, 꽃자리, 별자리
앉을 자리, 설 자리, 누울 잠자리
어떤 자리든 올라가면 갈수록
바닥과 거리가 멀어져 많이 두렵겠다

국민의 손발이 되겠다고 약속할 땐 언제고
자리 때문에 꼴값하는 모양새 하고는
선거철만 되면 문지방이 닳고
허리는 폴더폰처럼 접힌다

장대를 들고 감을 따보면 안다
언제 떨어질지 모를 홍시를 잊으면 안 된다

오늘 밤 아버지 머리맡에 놓인 자리끼에
감꽃별이 총총히 빛나고 있다

임계 구미정

지천명에 대학교에 입학한 나영이

아픈 아들 키우느라 속울음 삼키는 효정이

친정언니와 이름이 같은 여고 동창 순희랑

그리운 친구들아 구미정 가자

개똥쑥 곁에서 하소연을 해도 좋다

살다 보면 누구나 억울한 일 없겠는가

묻어둔 사연 하나쯤 아우라지강에 흘려보내자

진달래꽃을 따서 입에 넣고 가만히 있자

물고기가 많아서 어량, 밭고랑이 예뻐 전주

바위가 섬 같아서 반서, 층대, 석지, 평암, 징담

기암절벽이 이끼와 어우러져 취벽이라 부르고

암벽에 구멍이 뚫려 있어 열수라 한다

아홉 개의 풍경이 오순도순 어우러진

임계 구미정

버들강아지 생일날

어둠은 빛을 이길 수 없다
거짓은 참을 이길 수 없다
진실은 침몰하지 않는다*

캄캄하고 길었던 그해 겨울과 작별하고
촛불 민심으로 부둥켜안은 새봄이 온다

버들강아지가 한꺼번에 깨어나고
깨순이네 바둑이가 새끼 여덟 마리를 낳고
목련꽃도 일제히 환호성을 지른다

진실은 침몰하지 않는다

빛이 어둠을 이긴 역사적인 날
참이 거짓을 이긴 날
덩실덩실 춤추며 생일 케익을 자른다

* 민중가요 작곡가 윤민석의 글.

묵호와 황지

시퍼런 생선 비린내로 펄떡이는 묵호와 먹빛 탄가루 사이로 밝아오는 황지는 아주 대조적이다. 삼촌이 갱도에서 죽어라 삽질을 해도 폐 속은 탄가루만 쌓여갔다

삼촌은 황지 어룡광업소에 다녔다. 숙모가 정붙이며 살아온 것은 평생을 막장에서 광산 일을 한 삼촌 때문이다. 숙모는 고무대야를 짐짝처럼 밀며, 묵호에서 철암과 황지를 오가며 생선을 파는 생선장수였다

묵호 어판장에서 물 좋은 생선만을 먼저 골라내고, 몰상식을 들이대야만 풀리는 흥정은 비린내 나는 고무대야에 가득 채워진 생선처럼 싱싱하게 펄떡였고 거칠었다

팔다가 남은 다리 잘린 오징어는 어둠을 품고 고무대야 속에 웅크렸고, 등이 움푹한 자반고등어는 호박잎에 둘둘 말려 삼촌의 늦은 저녁상에 오르기도 했다

백복령 아리랑

여와여와 여와여와
우리 언니 시집가는 데 혼수 밑천
우리 오빠 학교 가는 데 등록금 밑천
우리 황소 어서 집으로 가자
여와여와 여와여와

평생 한쪽 눈으로 살아온 우리 엄마
아픈 눈 수술하려면 병원비 밑천
여와여와 여와여와
감자밭에 들지 마라, 옥수수밭에 들지 마라
뒷발질로 땡삐집 잘못 건들면 크게 쏘인다
여와여와 여와여와

우리 송아지 집으로 어서 가자
어미 따라 곤두뿔이, 햇대뿔이 여와여와
송구 먹고 까툴복숭아 먹고 잘도 큰다
가마솥 넘치게 소여물 끓였으니

어미소 누렁아, 아기소 송아지야

어서 집에 가자 여와여와 여와여와

시인에 대해

　시 작업이 잘 되느냐며 문우가 안부 전화를 했다. 나는 곧 폐업을 할 것 같다고 답하는 사이, 그도 나와 같은 심정이라며 말끝을 흐린다.

　시를 붙들고 어정어정하며 지내온 시간 동안, 강산이 두 번 바뀌고, 개도 안 물어가는 시집만 덜렁 남았다. 마른장마에도 용케도 알아서 콩이 싹을 밀어올리느라 안간힘을 쓰는 계절, 앞으로 내게도 안간힘이 남아 있으면 좋겠다.

　어쩌다 가끔은 원고 청탁이 들어오지만, 원고료는 고사하고, 시를 발표한 출판사 문예지를 정기구독해야 하거나, 시 원고료를 대신하여 문예지 두어 권이 우편함에 꽂혀 있다.

　하찮은 내 시가 어느 문예지 귀퉁이의 장식품이 되었어도, 시가 있어 지금껏 견디고 있으니, 이만하면 나름 괜찮다고 위로하는 밤이다.

그런 불면의 밤을 안고 글 작업을 할 때 묵호 번개시장에 산나물을 내다 팔던 엄마의 굽은 등허리와 산등성이처럼 크게 느껴졌던 나물 보따리가 생각난다.

송이 철이면 깊은 산속에 머물면서 송이와 약초를 캐느라 백두대간을 오르내린, 아버지의 낡은 등산화와 허름한 주루막이 떠오른다.

안 되는 줄 알면서 시를 붙잡고 사는 것은 운명과도 같은 것일까.

오늘 시업(詩業)에 대한 폐업신고서를 찢어버리고, 나에게 용기 하나를 선물한다. 시를 팔기 위해 채송화처럼 키 작은 점방을 차려놓고 손님 맞으려고 용을 쓰는 중이다.

위하여

하루를 살기 위해
수많은 밤을 날개 위에 등짐을 지고
발자취를 따라서 간다
일 년마다 임용계약서를 작성하며
숨 가쁘게 달려 온 시간강사 칠 년 차
코로나19로 비대면 온라인 수업이 늘고
학생도 점점 줄어드는 게 현실이다
강사 신분이 하루살이 목숨이지만
수업을 기다리는 학생들에게만은
살아 있는 화석이 되자
내일을 위하여 등짐을 챙긴다

원방재

수병산을 오르기 위한 길목
장수가 심었다는 노송이 줄지어 있고
동해 소금길 가면 장수공깃돌바위가 있다
백두대간 마루금은 천수상이다

상월산 주막터에서 징검다리 건너면
큰 물푸레나무가 있고, 원방재를 오가는
보부상의 안녕을 기원하며 제사를 올리던
너래바위가 병풍처럼 펼쳐진다
부처의 어깨를 닮은 어깨봉이 우뚝 서 있고
천불상 동쪽으로 가면 기암절벽이 망바위다

원방재 오르는 입구에 두꺼비바위길이 있는데
명주목이와 사주목이 물이 서로 만나
1990년, 달방댐이 건설되었다
원방재 오를 때는 멧돼지가 길을 막아서
물푸레나무 작대기는 호신용으로 챙겨야 한다

봉화댁

스무 살에 철암으로 시집온 봉화댁은
땅이라고 해봐야 시커먼 석탄가루가 전부다
콧구멍에 탄가루를 파내지 않은 건
귀를 막고 눈을 감았어도 온종일
지구를 맞구멍 내는 일에 매달린 까닭이다

잊혀지지 않는 것은 마지막 떨리는 손으로
몸 구석구석을 옥수수 수염처럼 닦아주던 일
안전모에 켜진 불빛도 꺼진 지 오래고
발파 작업으로 인해 귀도 막혀 전복이 되었다
심장은 하루에 몇 번씩 무너졌으니
입 모양만 봐도 무슨 말인지 감을 잡았다

미안한 일은 오래 지탱하지 못한 거였다
덜컹대는 아랫도리는 누가 가려주며
뜻대로 되지 않는 게 시퍼런 몸뚱어리인데
남편 잡아먹은 년이라는 꼬리표가
일수 장부처럼 따라다녀서, 오감을 닫고
쥐 죽은 듯이 살 수밖에 없었다

미디어 펑크

나의 〈오염된 혀〉*를 사랑했네
출입 금지를 어기고 말았네
미디어 펑크 : 믿음, 소망, 사랑의 시작은 어딘가
허상의 미루나무가 추앙을 외치는 사이
여섯 차례의 애국심은 송두리째 뽑히고 말았네

나라야 야생화야
아와 어로 살기
속앓이
단채널 비디오 4K, 컬러, 사운드, 15분 54초

* 아르코미술관에 전시된 이민휘, 최윤 작가의 미술 작품.

하염없던
— 산목련

꽃이 좋아서
무턱대고 깔딱고개 꽃구경을 가다가
크게 한 번 엎어지고 말았다
내 발에 걸린 것을 누구를 탓하랴

복숭아뼈 아래 상처를 어루만지며
후회한 고갯마루가 몇 번 있었다
다시 털고 일어나 대수롭지 않게
태연한 척을 어깨죽지에 걸치고
꽃의 동태를 살피기에 급급했다
힘껏 뛰며, 장대 높이를 가늠하자
비싼 수강료를 지불한 셈이니
꽃 보느라 하염없던 그 시절, 통치자

입하가 시작된 그해 속세골
숙맥 같은 당신이 환하게 피었다

어느 문학의 밤

이마를 맞대고 식사를 하고 싶은
얼굴이 생각나면 고마운 하루다
파절이처럼 처진 어깨로 퇴근하는데
밥 먹자고 먼저 전화하는 사람
코로나에 잘 지내는지 반달 같은 메모와
장뇌삼 한 뿌리 택배로 보내온 시인
간장 종지처럼 모인 어느 문학의 밤
시가 좋으니 나쁘니 하며 고성이 오고 가도
싸움판이 되지 않는 고마운 일상
재채기를 하다 침이 튀어도 무례하다 않고
이 시인 침이라면 소나기도 맞겠다는
어느 문학의 밤

어딜 가나
문학의 낮은 없고, 문학의 밤이 저문다

별천지의 시, 별천지의 노래

김현정

1

이애리 시인의 『무릉별유천지 사람들』은 『하슬라역』(2011), 『동해 소금길』(2019)에 이어 나온 세 번째 시집이다. 시인은 동해역과 강릉역 사이의 상상의 역인 '하슬라역'을 출발하여 동해의 소금을 내륙으로 나르던 민초들의 삶의 애환이 묻어 있는 '동해의 소금길'을 지나 가족과 이웃의 생계의 터전이자 생사를 넘나들던 곳인 '무릉별유천지'를 노래하고 있다. 모두 '동해'를 반경으로 오롯한 기억을 통해 개인과 가족, 이웃의 숨겨진 이야기를 생동감 있게 그려내고 있다. 그의 '동해'에 대한 사랑은 이번 시집에서 좀 더 구체적이고 리얼하게 표출되고 있다.

시집 제목에 등장하는 '무릉별유천지'는 동해시의 대표 관광지라 할 수 있는 무릉계곡의 암각문에 새겨져 있는 글귀로, '하늘 아래 경치가 최고 좋은 곳으로 속세와 떨어져 있는 유토피아'라는 의미를 담고 있다. 동해시 삼화동에 위치한 이곳은 1968년에 문을 연 쌍용C&E가 석회석을 제공하던 곳으로, 40년 동안 채광 작업을 마친 후 다양한 체험 시설과 두 개의 에메랄드빛 호수를 만들어 이색적인 관광명소가 된 것이다.

동해에서 나고 자란 시인은 무릉계곡의 '별유천지'가 어떤 곳이었음을 잘 알고 있다. 그곳은 유년시절의 추억이 담긴, 어른들의 세계와 다른, 순수의 공간이자 장소라 할 수 있다. 지금의 '무릉별유천지'는 무릉계곡의 별유천지와는 사실 거리가 먼 곳이다. 그곳은 가족들의 생계를 위한 삶의 터전이자 광부들의 애환이 서린 공간이다. 시인은 지금의 아름다운 '무릉별유천지'가 생사를 넘나드는 광부들의 애환이 담긴 곳이라는 점을 상기시키고 있다. '무릉별유천지'의 의미를 다양하고 풍부하게, 그리고 새롭게 생성해나가고 있는 것이다. 이를 통해 '지금 여기'에서의 '별천지'의 확장된 의미까지도 엿볼 수 있다.

2

이백의 유명한 시 「산중문답(山中問答)」을 보면 '별유천지(別有天地)'라는 말이 나온다. "복숭아꽃 물 따라 멀리 흘러가는 곳(桃花流水杳然去)/다른 세상이로되 인간 사는 곳은 아니네(別有天地非人間)"라고 한 구절에서 볼 수 있는데, 우리는 이처럼 늘 '별천지'를 꿈꾸게 된다. 각박한 현실에서 잠시라도 탈출하고 싶은 현대인의 욕망을 반영하고 있는 것이라 할 수 있다. 시인은 동해의 명소인 '무릉계곡'을 별천지로 여긴다. '무릉별유천지'라고 되어 있는 이곳에서 그는 유년시절의 추억을 쌓으며 별천지의 세계를 경험하게 된 것이다.

때죽나무와 형님 동생 하며 지내는
무릉계 입구 동백 보러 간다
사람들이 붉은 동백을 상상하겠지만
하얀 미사포(布)를 쓴 쪽동백 꽃들이 걸어와
이녁의 이마에 성호를 긋는다
물박달, 산아주까리, 정나무
돌래돌래 옻을 깎는다 해서 옻나무라 부른다
널찍한 잎사귀에 산딸기를 담으면
직박구리가 뒤따라와 쪼아 먹기도 한다
삼화사 대웅전 철조노사나불좌상은 잘 있는지
뭉게구름을 한 자락 펼쳐놓은 무릉반석에 앉아

고누놀이를 하던 고향 언니 오빠들

안부가 더욱 궁금해지는 쪽동백이 필 무렵

　　　　　　　　　　　　　　　　—「쪽동백」전문

　봄의 절정에 피는 쪽동백을 보러 시인은 무릉계곡 입구로 향
한다. 조선 시대 삼척부사인 김효원이 '무릉계곡'이라 이름을
지을 만큼 아름다운 풍광을 자랑하는 이곳은 시인에게 오래전
부터 '별천지'였던 곳이다. 물박달, 산아주까리, 정나무라고 불
리는 쪽동백이 우거져 있고, 넓은 잎사귀에 담긴 산딸기를 직
박구리가 쪼아 먹기도 하는 자연과 인간이 어우러진, 무릉의
장소이기도 하다. 그리고 "삼화사 대웅전 철조노사나불좌상"
이 있는, 무욕의 공간이기도 하다. 시인은 "고향 언니 오빠들"
과 "뭉게구름을 한 자락 펼쳐놓은 무릉반석에 앉아/고누놀이
를 하던" 이곳을 '별천지'로 여기고 있다. 오랜 세월, 잊고 지냈
던 별천지를 욕망하며 그리워하고 있는 것이다. 시인은 나아
가 그곳에서 노닐던, 고향의 언니, 오빠들의 근황을 묻기도 한
다. 그리고 유년시절 시인에게 또 다른 별천지는 다름 아닌 고
향인 '백복령'이다. 궁핍했던 시절, 가계에 많은 보탬이 된 황
소에 대해 남다른 애정을 보이고 있다.

　　여와여와 여와여와

　　우리 언니 시집가는 데 혼수 밑천

우리 오빠 학교 가는 데 등록금 밑천
우리 황소 어서 집으로 가자
여와여와 여와여와

평생 한쪽 눈으로 살아온 우리 엄마
아픈 눈 수술하려면 병원비 밑천
여와여와 여와여와
감자밭에 들지 마라, 옥수수밭에 들지 마라
뒷발질로 땡삐집 잘못 건들면 크게 쏘인다
여와여와 여와여와

우리 송아지 집으로 어서 가자
어미 따라 곤두뿔이, 햇대뿔이 여와여와
송구 먹고 까툴복숭아 먹고 잘도 큰다
가마솥 넘치게 소여물 끓였으니
어미소 누렁아, 아기소 송아지야
어서 집에 가자 여와여와 여와여와

—「백복령 아리랑」 전문

소를 부르는 소리를 통해 소에 대해 예찬하고 있는 시다. 가난했던 시절 '소'는 가계의 주요 수입원이었다. 위 시에 나오는 것처럼, 언니 혼수와 오빠 등록금 밑천이 되기도 하고, 엄마 눈 수술비 밑천이 되기도 했다. 그리하여 소는 다른 가축들보다 더 귀히 여겼다. 어른들은 농사짓는 데 여념이 없었기에 산에 데려가 소에게 풀을 뜯기는 일은 아이들의 몫이었다. 그의 고향을 소재로 한, '백복령 아리랑'은 시인이 저녁에 소를 몰고 집으로 올 때 부르는 소리다. "여와여와" 하며 황소와 송아지들을 몰고 오는 시적 화자의 모습을 어렵지 않게 연상할 수 있다. 그리고 눈여겨볼 부분은 시인이 유달리 소를 아끼고 사랑한다는 점이다. "뒷발질로 땡삐집 잘못 건"드리지 않게 하기 위해 조심하고, "가마솥 넘치게 소여물 끓"여놓은 데에서 이를 알 수 있다. 시인이 유년시절에 머문 '백복령'은 이처럼 또 다른 '별천지'였던 것이다. 찔레순 꺾어 먹고, 달방 용소에 멱을 감으며 유년을 보냈던 '달방'과 동해 소금길인 '원방재'도 같은 맥락이라 할 수 있다.

'무릉별유천지'에 사는 이들도 유년시절의 다정한 고향 사람들과 크게 다르지 않다.

> 눈대중으로 골라도 꼭 맞는 신발처럼
> 서재에 꽂으면 어울릴 것 같다며
> 자줏빛 감자꽃을 따다 주는 사람
>
> 비밀 편지 한 장 숨겨둘 서랍처럼
> 틈이 좀 보여서 괜히 마음이 끌리는
> 둥그런 눈매가 선하고 따스한 사람
> 두타산 참꽃이 필 때라고 귀띔하는
> 어둑어둑한 퇴근길

붕어 몇 마리 든 빵 봉지를 건네는 사람

사랑의 기쁨과 슬픔에 대해서 함구하고
남의 잘못에 함부로 돌을 던지지 않는
무릉별유천지에 사는 그 사람에게
은근살짝 무릉반석을 내어주리라

—「무릉별유천지 사람들 1」 전문

무릉계곡의 별천지를 경험한 시인에게는 '무릉별유천지'에 사는 다정한 사람들의 삶도 동궤에 놓인다. 이곳에는 서재에 잘 어울릴 "자줏빛 감자꽃을 따다 주는 사람"과 틈이 좀 보여 끌리는, "둥그런 눈매가 선하고 따스한 사람", 그리고 "어둑어둑한 퇴근길/붕어 몇 마리 든 빵 봉지를 건네는 사람"과 "남의 잘못에 함부로 돌을 던지지 않는" 사람이 함께 모여 산다. 시인은 낭만적이고, 착하고, 정이 많고, 포용력이 있는 '무릉별유천지'에 사는 이들에게 유년시절 별천지의 놀이 장소인 '무릉반석'을 "은근살짝" 내어주고 싶은 욕망을 표출한다. 이는 '무릉별유천지'에 사는 다정하고 인간적인 사람들의 선한 마음과 유년시절 무릉반석에서 노닐던 어린아이의 순수한 마음이 교통하고 있음을 보여주고 있는 것이다. 이처럼 시인이 경험한 '별천지'는 아이들의 순수한 동심의 공간인 무릉계곡과 백복령, 그리고 따뜻하고 다정한 사람들이 모여 사는 '무릉별유천지'

할 수 있다. 유년시절의 추억이 배어 있는 '삼화시장'과 "참기름 냄새가 문 앞까지 따라오고/어릴 적 나는 기름 짜는 냄새가 좋아서/방앗간 집 수양딸이 되고 싶다는 생각"(「연호당 떡방앗간」)을 했던 '연호당 떡방앗간'도 별천지였던 것이다.

3

시인이 경험한 '별천지'는 아버지를 비롯하여 삼촌과 외삼촌, 그리고 많은 사람들이 쌍용양회 동해공장에 입사하면서 새로운 양상을 띤다. '무릉도원'을 연상하는 '무릉' 지구에 석회석 원석을 깨는 쇄석장에 투입된 것이다. 생사를 넘나드는 이곳에서 일하는 아버지의 삶을 통해 윤택함과 트라우마를 경험하게 된다. '무릉별유천지'에 대한 양가감정을 느끼게 된 것이다.

> 내가 태어나던 해인 1968년 10월 31일
> 쌍용양회 동해공장이 준공식을 했다
> 석회석 원석을 깨는 쇄석장은 쉴 새 없이 돌았고
> 발파작업으로 화약 냄새와 거친 굉음은
> 나비잠 자는 아기도 깨우는 일상이 되었다
>
> …(중략)…

아버지가 봉급을 타면 삼화시장 안
남매상회에 데려가 주름 원피스를 사주었다
시멘트 돌가루 종이에 싼 돼지고기를 끊어와
식구들이 화롯가에서 고기를 구워 먹었다

—「쇄석장」 부분

　무릉에 묻힌 석회석 원석을 깨는 쇄석장의 거친 풍경과 아버지의 월급으로 가계(家計)가 다소 풍요로워진 광경을 볼 수 있다. "발파작업으로 화약 냄새와 거친 굉음"이 일상이 되고, 아버지의 노동의 대가로 가족 회식도 하고 주름 원피스도 사게 된 것이다. 시인은 무릉계곡과 백복령에서의 '별천지'가 석회석 광산으로 옮겨오면서 '무릉별유천지'에 내재하는 양가감정의 '별천지'를 경험하게 된 것이다. 아직 철이 없던 시인은 어머니를 통해 서서히 아버지의 애환을 엿보게 된다.

자전거를 타고 쌍용양회 하청에 다닌 아버지는
돌을 깨는 착암공이었다

…(중략)…

석산 채석장에서 목숨을 담보하며
석회석을 깰 때 심장이 터지는 줄도 몰랐다
아버지 심장에는 돌가루가 화석처럼 박혀 있다

오늘도 무사히, 라고 적힌 낡은 액자 속에

무사고를 바라던 어머니가 계신다

—「오늘도 무사히」 부분

착암공인 아버지의 무사고를 바라는 어머니의 간절한 심정을 노래한 시다. 시인은 아버지가 석회석 "돌을 깨는 착암공이었다"는 점과 아버지가 이러한 고단한 삶을 견딜 수 있게 된 것이 "탈 없이 잘 자라준 아이들 삼 남매" 때문이라는 점도 알게 된다. 그리고 "아버지 심장에는 돌가루가 화석처럼 박혀 있다"는 사실도 간파한다. 가족의 생계를 위해 생사를 넘나드는 위험한 일을 감수해야만 하는 아버지의 노고도 깨닫게 된다. 매일매일 아버지의 무사고를 기원하는 어머니의 바람이 "오늘도 무사히"라는 낡은 액자 속에 담겨 있는 것도 이해하게 된다. 그리고 오랜 기간 쇄석장에서 착암공 일을 하신 후유증으로 "새벽마다 가래 끓는 아버지의 기침 소리는 날이 갈수록 심해"진 것도, "고단했던 퇴근길"이 "술 냄새로 저물었"던 이유도 알게 된다. 또한 "석회석 광산에서 돌을 캐다가 석산이 무너져 동료는 그 자리에서 유명을 달리하고"만 사실도, "구사일생으로 아버지는 목숨을 건졌지만 허리와 팔이 부러져 척추 보조기에 몸을 지탱해 평생을 불편한 몸을 짊어지고 살"(「무릉별유천지 사람들 2」)아야만 하는 현실도 간파하게 된 것이다.

석회석 광산에서 바윗돌이 무너져 장 씨는 돌무덤을 안고 저세상 별이 되었다. 그 자리에서 함께 일했던 두 사람은 살아 돌아온 것이 죄책감으로 남아, 어두운 동굴에 갇혀 곰팡이처럼 축축 젖으며 베개를 적셨다.

석산 갱도에서 인사사고가 크게 난 후 소독 냄새가 진동하는 산재병원에서 십 년 넘게 섬처럼 떠돌이 생활을 했다. 밤마다 악몽에 시달렸고, 벼락같은 고함을 쳤다. 쇠 핀을 몸 곳곳에 박는 대수술로 죽을 고비를 여러 번 넘기도 했다.

살려달라는 동료의 마지막 외침을 어쩔 수 없이 뿌리친 죄책감에 박쥐처럼 동굴 속에서 산송장처럼 지내며 됫병 소주를 마셨다.

—「무릉별유천지 사람들 3」 전문

위 시에서는 석회석 광산 바윗돌에 깔려 숨진 동료의 절규를 잊지 못한 채 살아가는, 광부들의 안타까운 심정을 엿볼 수 있다. "살려달라는 동료의 마지막 외침을 어쩔 수 없이 뿌리친 죄책감에 박쥐처럼 동굴 속에서 산송장처럼 지내며 됫병 소주를 마"시는 광부들의 깊은 트라우마를 읽을 수 있다. 이처럼 시인은 아버지를 비롯하여 동료 광부들의 애환까지 엿보고 있다.

'무릉별유천지' 이면에 있는 아버지와 광부들의 슬픔을 읽은 시인은 이제 석회석 광산터에 새롭게 조성된 '무릉별유천지'의

'별천지'를 긍정적으로 목도하게 된다. 과거 무릉별유천지의 애환을 현재의 아름다운 풍경 속에 승화시킨 것이다.

　무릉별유천지를 섣불리 상상하지도 마라. 축구장 백오십 배 면적의 석회석 광산지다. 아버지도 숙부도 외삼촌도 광부였다. 오십여 년 동안 석회석을 캐낸 산자락에 청옥호, 금곡호라는 두 개의 호수가 생겨나고 다시 삼화 사람들 곁으로 돌아온 무릉별유천지.
　　　　　　　　　　　　　　　　—「무릉별유천지 사람들 2」부분

　석회석 광산지가 '무릉별유천지'로 새롭게 단장된 것을 시인은 다행스럽게 여기고 있다. 자칫 석회석 폐광으로 남을 뻔한 이곳에 '무릉별유천지'가 조성되면서 아버지를 비롯하여 많은 광부들의 애환을 상기할 수 있는 곳이 되었기 때문이다. 그는 '파수안'을 통해 삼화의 역사에 대해 노래하기도 한다.

　세 번 빛난다고 해서 붙여진 이름 삼화라는 동네, 한 번은 1943년 삼화제철, 삼화철산 설립으로 빛났고, 두 번은 1966년 쌍용양회 동해공장 기공과 동해광산 개발로 빛났다. 그리고 사람들이 무병장수하고 정답게 살고 있는 지금이 세 번째 빛나는 삼화 파수안이다.

　삼핫골, 삼애골, 사매골이라고 부르는데 백월산 끝자락과 옥녀봉이 마주하는 곳, 신흥천과 삼화천이 합수하여 홍도마을이 파소가 되고, 지형과 산세의 물 흐름을 파수굽이라 부른다. 빛내골 소비천에 들어가면 부처손골이 있고 범바위골, 도깨비골, 차돌배기, 직소, 홈대골 그릇재를 넘으면 지르매장골이다.

···(중략)···

복사꽃 피고 살기 좋은 동네 파수안 삼화 석회석 폐광지가 새롭게 단장한 무릉별유천지, 세상사에 지친 사람들 쉬어 가기 좋은 곳이다

—「파수안」 부분

파수안(삼화동)에 관한 구체적인 내용을 보여주고 있다. 삼화동은 "세 번 빛난다고 해서 붙여진 이름 삼화라는 동네"로, 삼화제철, 삼화철산의 설립, 1966년 쌍용양회 동해공장 기공과 동해광산 개발, 그리고 사람들이 무병장수하고 정겹게 살고 있는 지금이 세 번째 빛나는 때라고 의미 부여를 하고 있다. 마지막 연에서 "복사꽃 피고 살기 좋은 동네 파수안 삼화 석회석 폐광지가 새롭게 단장한 무릉별유천지, 세상사에 지친 사람들 쉬어 가기 좋은 곳"이라고 하여 시인의 염원을 담아낸다. "세상사에 지친 사람들 쉬어 가기 좋은 곳"인 이곳이 다름 아닌, 세상 사람들과 시인에게는 '별천지'에 해당하는 곳이다. 무릉계곡과 백복령에서 느낀 '별천지'가 자연스럽게 '무릉별유천지'에 걸맞은 '별천지'가 된 것이다. 시 「무릉별 열차」 「두미르 전망

대」 등에서 무릉별유천지의 장관을 엿볼 수 있다. "거대한 석회석 광산의 과거를 품은/신비한 두 개의 호수가 그야말로 장관"(두미르 전망대」)이라고 노래한 데서 말이다.

> 두타산 무릉계곡 무릉반석 암각화에 새긴
> 묵객의 풍류시를 조곤조곤 설명해주며
> 금란정에 올라 퉁소를 불기도 하는데
> 무릉계곡 용추폭포 물줄기 따라
> 호수를 닮은 사람들이 옹기종기 모여 사네
>
> —「청옥호 금곡호」 부분

청옥호와 금곡호를 닮은 사람들이 모여 사는 무릉별유천지 사람들을 예찬하고 있는 시다. 남의 일에 눈물 한 바가지 풀썩 쏟을 줄 아는 "속 깊은 사람"과 "아흔을 바라보는 아버지를 홀로 두고/훌쩍 세상 떠난 어머니를 원망하지 않는 사람", "물웅덩이가 늪이 되어 발목을 잡아도/어느 누구도 탓하지 않는 사람"과 "호수에 뜬 두 개의 달을 심장에 품으며/너무 맑아서 눈물이 난다고 털어놓는 사람"이 옹기종기 모여 사는 이곳이 '별천지'인 것이다.

4

‘무릉별유천지’에서의 ‘별천지’를 엿본 시인은 그가 ‘지금 여기’에 머문 곳이 ‘별천지’임을 깨닫게 된다. 울퉁불퉁한 삶을 영위해온 그가 지천명을 넘기면서 세상을 새롭게 보기 시작한 것이다. 이는 지금의 자신의 삶에 대해 ‘천만다행’이라는 시선으로 성찰하면서 가능하게 된 것이다. ‘인정 욕망’을 추구하던 삶의 자리에 ‘무욕’이 들어오게 된 것이다.

고속도로 휴게소 화장실에 들렀다가
실수로 자동차 열쇠를 변기통에 떨어뜨렸다
수압이 약해 다행히 열쇠는 내 손을 잡았다

고양이들 다급한 소리가 나서 뛰쳐나가니
솔개가 고양이를 채가려다가 도망친다
세 마리는 무사하고 막내가 꼬리를 좀 다쳤다

의사는 당장 수술해야 한다고 겁을 줬지만
한쪽 눈으로라도 여기까지 왔으니
참 다행이다

학창 시절에 만나 삼십 년을 지지고 볶고
이 사람과 너무 오래 살았나 싶다가도

당신 덕분에 여태 시를 쓴다

고단하고 힘겨운 삶 속에서도 힘을 잃지 않고 살아오게 된 원동력이 다름 아닌 '천만다행'이라는 것을 보여주고 있다. 부분을 잃었을 때는 전부를 잃어버리지 않은 것을 다행으로 여기고, 전부를 잃어버린 것 같을 때도 더 심하게 잃어버리지 않은 것을 다행으로 여기는 마음이 다시 자신을 추스르고 희망을 가지고 살아가는 삶의 원동력이 된 것이다. 변기통에 빠진 열쇠가 수압이 약해 내려가지 않은 것과 고양이들이 솔개에게 낚아채이지 않고 상처만 살짝 입게 된 것, 그리고 한쪽 눈이라도 건강한 것과 당신 덕분에 시를 쓰게 된 것 등이 모두 다행이라는 마음가짐에서 비롯된 것임을 잘 알고 있다. 이러한 마음으로 시인은 자신이 살아가는, 자신이 머물고 있는 '지금 여기'의 현실이 다름 아닌 '별천지'임을 인지하게 된다. 무릉계곡, 백복령, 무릉별유천지 등에서 한정되어 있던 '별천지'가 확대된 것이다.

쌍둥이 할머니로 불리는 문복자 여사님은
제가 시집와 가장 의지하는 큰댁 형님이고요
김윤녀 여사님은 월평경로당 어른들 위해
오랫동안 노인회장직을 역임하신 분이에요

상냥한 선영이 할머니 이름은 잘 몰라요
가끔 콩밭에 가면 제게 커피를 건네는데요
어머니의 둘도 없는 친구이자 친척이지요
말(言) 걸음이 얼마나 고운지 몰라요
옥구슬 쟁반에 구르듯 낭낭하고 상냥해서
제가 명랑할머니라고 별명을 붙였어요

다 열거할 수 없지만 정 많은 어르신들
한글을 배워서 일기도 쓰고 시도 읽지요
진혁이 할머니 임종 앞두고, 월평경로당
어르신들이 가장 보고 싶다고 했어요

—「월평경로당」 전문

정이 많은 할머니들의 쉼터인 월평경로당의 훈훈한 모습이 담겨 있다. 시인이 가장 의지하는 문복자 여사님을 비롯하여 월평경로당 어른들 위해 노인회장직을 역임하신 김윤녀 여사님, 콩밭에 가면 커피를 건네는, 어머니의 둘도 없는 친구이자 친척인, 말(言) 걸음이 곱고, 옥구슬 쟁반에 구르듯 낭낭하고 상냥해서 별명이 명랑할머니인 선영이 할머니 등이 모여 있는 이곳이 그분들의 별천지이자 시인의 별천지인 것이다. 이곳에는 한글을 배워 일기도 쓰고 시도 읽는 어르신들이 있고, "임종 앞두고, 월평경로당/어르신들이 가장 보고 싶다고 했"다고 한 진혁이 할머니의 음성이 머무는 곳이다. 시인은 오랜 세월 속

113

에서 터득한 삶의 지혜를 일러주시는 어르신들이 머무는, 또
하나의 별천지인 '월평경로당'에 대해 예찬하고 있는 것이다.

　시인의 고양이에 대한 사랑은 남다르다. 고양이와 함께 노니
는 곳인 '구름이네 농장'도 그의 별천지다.

　　　　수미 한 박스 심으면 예닐곱 박스 수확
　　　　감자 캐서 시누이와 친척들에게 부친다
　　　　오이 세 포기 심으면 여름내 오이냉국 먹는다
　　　　가지는 속수무책, 백로까지 잘 열린다

　　　　땅콩밭의 잡초가 주인 행세를 하고
　　　　맨드라미는 붉은 꽃벼슬을 달았다
　　　　울타리 해바라기꽃은 달덩이처럼 환하다

　　　　뽑고 돌아서면 웃자라는 잡초들과 씨름하다가
　　　　결국에는 함께 잘 지내보자고 화동하던 날
　　　　구름이네 농장에 색동 무지개가 떴다

　　　　꽃밭에 물을 주다 말고 겅중겅중 신난다
　　　　주중에는 학생들과
　　　　주말에는 고양이들과 노느라 코가 샛노랗다

　　　　고양이들이 화장실 모래에서 감자를 심으면
　　　　나는 그 감자를 캐느라 바쁘기도 하다

구름이, 랑이, 무지개, 별이*가 꾹꾹이를 한다
오가는 길고양이가 가끔 밥을 먹으러 오고
빛내골 반달도 놀러 오는 구름이네 농장

* 길고양이 사남매 이름.

　　　　　　　　　　　　　　　—「구름이네 농장」 전문

　평화로운 구름이네 농장의 풍경을 보여주고 있는 시다. 그 농장에는 감자와 오이, 가지 등이 있고, 땅콩밭의 잡초가 무성히 자라고, 맨드라미와 해바라기가 함께 자란다. 잡초들과 화동도 하고 농장에 색동 무지개가 떠 있어 즐거운 곳이고, 고양이들과 노느라 시간 가는 줄 모르는 곳이다. 그리고 고양이들이 감자를 화장실 모래에 넣고 꾹꾹이를 하고, 오가는 길고양이가 가끔 밥을 먹으러 오고, 빛내골 반달도 놀러 오는 곳이다. 무릉계곡과 백복령에서의 '별천지'를 옮겨놓은 듯한, 무의식적 욕망으로 가득한 이곳이 그가 꿈꾸는 별천지일지도 모른다.

　시인은 '지금 여기'를 살아가는 많은 이들에게 '쉼터'인 '별천지'를 제공하는 일에 분주하다. 그의 시에 등장하는 별천지는 상상 속의 공간이 아닌, 고단하고 힘겹게 살아가는 지금의 현실을 바탕으로 하고 있다는 점에서 이상적이거나 관념적이지 않다. 즉, 그 별천지는 쉽게 만들어지는 것이 아니라 "묵호 번

개시장에 산나물을 내다 팔던 엄마의 굽은 등허리와 산등성이
처럼 크게 느껴졌던 나물 보따리"를 생각하고, "송이 철이면 깊
은 산속에 머물면서 송이와 약초를 캐느라 백두대간을 오르내
린, 아버지의 낡은 등산화와 허름한 주루막"(「시인에 대해」)을 떠
올리는, 고투의 과정에 의해 만들어진다. 때문에 그의 시에 나
오는 '별천지'는 맑고 그윽한 향기가 가득하여 누구나 머물고
싶은 곳이 된다. 그리고 그곳은 한 곳에 고정되어 있지 않고 유
동적이다. 강원도 동해를 중심으로 한 그의 '별천지'가 어느 곳
에 만들어질지 궁금해진다.

金玹廷 | 문학평론가, 세명대 교수

푸른사상 시선

1 광장으로 가는 길 | 이은봉 · 맹문재 엮음
2 오두막 황제 | 조재훈
3 첫눈 아침 | 이은봉
4 어쩌다가 도둑이 되었나요 | 이봉형
5 귀뚜라미 생포 작전 | 정원도
6 파랑도에 빠지다 | 심인숙
7 지붕의 등뼈 | 박승민
8 살찐 슬픔으로 돌아다니다 | 송유미
9 나를 두고 왔다 | 신승우
10 거룩한 그물 | 조항록
11 어둠의 얼굴 | 김석환
12 영화처럼 | 최희철
13 나는 너를 닮고 | 이선형
14 철새의 일인칭 | 서상규
15 죽은 물푸레나무에 대한 기억 | 권진희
16 봄에 덧나다 | 조혜영
17 무인 등대에서 휘파람 | 심창만
18 물결무늬 손뼈 화석 | 이종섶
19 맨드라미 꽃눈 | 김화정
20 그때 나는 학교에 있었다 | 박영희
21 달함지 | 이종수
22 수선집 근처 | 전다형
23 족보 | 이한걸
24 부평 4공단 여공 | 정세훈
25 음표들의 집 | 최기순
26 나는 지금 운전 중 | 윤석산
27 카페, 가난한 비 | 박석준
28 아내의 수사법 | 권혁소
29 그리움에는 바퀴가 달려 있다 | 김광렬
30 올랜도 간다 | 한혜영
31 오래된 숯가마 | 홍성운
32 엄마, 엄마들 | 성향숙
33 기룬 어린 양들 | 맹문재
34 반국 노래자랑 | 정춘근
35 여우비 간다 | 정진경
36 목련 미용실 | 이순주
37 세상을 박음질하다 | 정연홍
38 나는 지금 외출 중 | 문영규
39 안녕, 딜레마 | 정운희
40 미안하다 | 육봉수
41 엄마의 연애 | 유희주
42 외포리의 갈매기 | 강 민
43 기차 아래 사랑법 | 박관서
44 괜찮아 | 최은묵
45 우리집에 왜 왔니? | 박미라
46 달팽이 뿔 | 김준태
47 세온도를 그리다 | 정선호
48 너덜겅 편지 | 김 완
49 찬란한 봄날 | 김유섭
50 웃기는 짬뽕 | 신미균
51 일인분이 일인분에게 | 김은정
52 진뫼로 간다 | 김도수
53 터무니 있다 | 오승철
54 바람의 구문론 | 이종섶
55 나는 나의 어머니가 되어 | 고현혜
56 천만년이 내린다 | 유승도
57 우포늪 | 손남숙
58 봄들에서 | 정일남
59 사람이나 꽃이나 | 채상근
60 서리꽃은 왜 유리창에 피는가 | 임 윤
61 마당 깊은 꽃집 | 이주희
62 모래 마을에서 | 김광렬
63 나는 소금쟁이다 | 조계숙
64 역사를 외다 | 윤기묵
65 돌의 연가 | 김석환
66 숲 거울 | 차옥혜

67	마네킹도 옷을 갈아입는다	정대호
68	별자리	박경조
69	눈물도 때로는 희망	조선남
70	슬픈 레미콘	조 원
71	여기 아닌 곳	조항록
72	고래는 왜 강에서 죽었을까	제리안
73	한생을 톡 토독	공혜경
74	고갯길의 신화	김종상
75	고개 숙인 모든 것	박노식
76	너를 놓치다	정일관
77	눈 뜨는 달력	김 선
78	거꾸로 서서 생각합니다	송정섭
79	시절을 털다	김금희
80	발에 차이는 돌도 경전이다	김윤현
81	성규의 집	정진남
82	번함 공원에서 점을 보다	정선호
83	내일은 무지개	김광렬
84	빗방울 화석	원종태
85	동백꽃 편지	김종숙
86	달의 알리바이	김춘남
87	사랑할 게 딱 하나만 있어라	김형미
88	건너가는 시간	김황흠
89	호박꽃 엄마	유순예
90	아버지의 귀	박원희
91	금왕을 찾아가며	전병호
92	그대도 내겐 바람이다	임미리
93	불가능을 검색한다	이인호
94	너를 사랑하는 힘	안효희
95	늦게나마 고마웠습니다	이은래
96	버릴까	홍성운
97	사막의 사랑	강계순
98	베트남, 내가 두고 온 나라	김태수
99	다시 첫사랑을 노래하다	신동원
100	즐거운 광장	백무산 · 맹문재 엮음
101	피어라 모든 시냥	김자흔
102	염소와 꽃잎	유진택
103	소란이 환하다	유희주
104	생리대 사회학	안준철
105	동태	박상화
106	새벽에 깨어	여국현
107	씨앗의 노래	차옥혜
108	한 잎	권정수
109	촛불을 든 아들에게	김창규
110	얼굴, 잘 모르겠네	이복자
111	너도꽃나무	김미선
112	공중에 갇히다	김덕근
113	새점을 치는 저녁	주영국
114	노을의 시	권서각
115	가로수의 수학 시간	오새미
116	염소가 아니어서 다행이야	성향숙
117	마지막 버스에서	허윤설
118	장생포에서	황주경
119	흰 말채나무의 시간	최기순
120	을의 소심함에 대한 옹호	김민휴
121	격렬한 대화	강태승
122	시인은 무엇으로 사는가	강세환
123	연두는 모른다	조규남
124	시간의 색깔은 자신이 지향하는 빛깔로 간다	박석준
125	뼈의 노래	김기홍
126	가끔은 길이 없어도 가야 할 때가 있다	정대호
127	중심은 비어 있었다	조성웅
128	꽃나무가 중얼거렸다	신준수
129	헬리패드에 서서	김용아
130	유랑하는 달팽이	이기헌
131	수제비 먹으러 가자는 말	이명윤
132	단풍 콩잎 가족	이 철
133	먼 길을 돌아왔네	서숙희
134	새의 식사	김옥숙
135	사북 골목에서	맹문재
136	왜 네가 아니면 전부가 아닌지	정운희

137 **멸종위기종** ┃ 원종태

138 **프엉꽃이 데려온 여름** ┃ 박경자

139 **물소의 춤** ┃ 강현숙

140 **목포, 에말이요** ┃ 최기종

141 **식물성 구체시** ┃ 고 원

142 **꼬치 아파** ┃ 윤임수

143 **아득한 집** ┃ 김정원

144 **여기가 막장이다** ┃ 정연수

145 **곡선을 기르다** ┃ 오새미

146 **사랑이 가끔 나를 애인이라고 부른다** ┃ 서화성

147 **더글러스 퍼 널빤지에게** ┃ 백수인

148 **나는 누구의 바깥에 서 있는 걸까** ┃ 박은주

149 **풀이라서 다행이다** ┃ 한영희

150 **가슴을 재다** ┃ 박설희

151 **나무에 기대다** ┃ 안준철

152 **속삭거려도 다 알아** ┃ 유순예

153 **중딩들** ┃ 이봉환

154 **수평은 동무가 참 많다** ┃ 김정원

155 **황금 언덕의 시** ┃ 김은정

156 **고요한 세계** ┃ 유국환

157 **마스카라 지운 초승달** ┃ 권위상

158 **수궁가 한 대목처럼** ┃ 장우원

159 **목련 그늘** ┃ 조용환

160 **그대라면, 무슨 부탁부터 하겠는가** ┃ 박경조

161 **동행** ┃ 박시교

162 **광부의 하늘이 무너졌다** ┃ 성희직

163 **천년에 아흔아홉 번** ┃ 김려원

164 **이별 후에 동네 한 바퀴** ┃ 이인호